FSC

www.fsc.org

MIX

Paperi vastuul –
lisista lähteistä
Paper from
responsible sources

FSC® C105338

AF209924

Sisällys

NAAPURISSANI ASUU HULLU KIRJAILIJA

Naapurissani asuu hullu kirjailija. Underground Vincent van Gogh, joka tosin ei leikannut korvaansa, mutta kuulee kaiken. Ja mitä hän kuulee? Jos sanoisin, että sen, että käyn vessassa ja suihkussa, tiskaan astioita ja imuroin se olisi ok. Mutta oikeasti hän kuulee paljon muutakin. Hän kuulee jopa sen, kun itken Zarahustran menneisyyttä! Miksi piti olla vuorilla 10 vuotta, jos siitä ei ollut hyötyä, vai oliko? Kuinka monta erakkoa pitikään nähdä matkalla alas vuorilta? Yksi oli se Plotinuksen planttu, joka filosofio ikuisesta valosta. Joopa joo. Tiedätkö tyypin? Eli joskus 200-luvulla. Hänellä oli mukava teoria siitä, että kaikki oli valoa, mutta sehän kuulostaa tähtitieteen jutuilta.

Kyllä ainakin minä olen sitä mieltä, että ikuista valoa on joku joskus nähnytkin. Ainakin jos on ollut kuolemankielissä ja tullut sairaalaan takaisin. Leijunut kenties jossain korkeuksissa ja sitten tajunnut, että hei tää ei vielä oo mun juttu Plotinos opetti, että on olemassa kaikkein ylin, täydellisesti tuonpuoleinen *Yksi*, joka on kaiken olemisen ja ei-olemisen kategorioinnin ulkopuolella. "Olemisen" käsite on ihmisten johtama siitä kokemuksesta, jonka voimme havaita aisteilla, mutta ääretön, tuonpuoleinen *Yksi* on kaiken sellaisen ulkopuolella, ja siksi myös kaikkien sellaisesta johdettujen käsitteiden ulkopuolella. "Oleminen" tai "olemassaolo" on ominaisuus, attribuutti, ja *Yksi* on kaikkien ominaisuuksien

4

ulkopuolella, koska se on kaikkien niiden lähde. *Yksi* "ei voi olla mikään olemassa oleva asia", eikä voi myöskään olla kaikkien ole maailmassa olevien asioiden summa, sillä se "on ollut ennen kaikkea olemassaoloa".

No tota yritin tajuta ja leijuin filosofiassa, niin ja jouduin sen hullun kirjailijan sairaalaan. Katselin kuvia, joita Vincent oli maalannut ja ihailin epätäydellistä perspektiivikäsitystä. Mitä ja miten Vincent van Gogh oikein maailmansa näki. Onko Monetin jutut sit mielenkiintoisempii? Lumpeenlehtii ja lampia, no Vincent maalasi ihmisiä, huoneita ja olotiloja. Mutta kyllä se heinäpelto variksineen on aika kamala, tai siis hurja maalaus. Linnut siinä lentelee kuin kohti kuolemaa. No joo. Yksi erakko oli sellainen, että se joi kotiviiniä, söi rauhoittavia, tuijotteli kattoa ja luuli siten näkevänsä valon.

Mietiskelin tässä, että ehkä se ei sittenkään ollut oikea tapa.

Siinä meinaan elimistö rappeutuu ja pää hajoaa. Eiks riitä, kun katsoo aamulla säätilaa ja näkee paistaako aurinko, sataa vai ei, tai onko puolipilvistä? No en mä mikään ole tuomitsemaan. Se on ihmisen vapaan valinnan tulos!

Että tässä vielä sorruin moralismiin, no mitä hullu kirjailija siihen sit sanois? Se kait väittäis, että toisinaan moralismi on paikoillaan ja toisinaan ei. Hullu juttu! Mutta niinhän se kait on. Ai niin ja kun palasin siltä hemmetin vuorelta näin heinäsirkkoja, jotka lensivät ympäri Egyptiä. Oli kait jonkinlaiset katovuodet menossa. Mutta se siitä...

Tuli mun mieleeni vielä sekin juttu, kun Zarahustra puhui kamelista, leijonasta ja lapsesta ja kolmesta muodonmuutoksesta. No kaikkii ei kait voi olla yhtä aikaa, on valittava ottaako kamelin taakat, ärjyykö kuin leijona vai näkee

yksinkertaisuuden kuin lapsi. Minä mietiskelin, että kuinka

monta luettua kirjaa se kameleineen sieltä vuorelta se hullu

kirjailija kantoi?

Meinaan vaan, että siksihän se oli hulluksi tullutkin, kun luki

liikaa. Eli vähän erilaista elämää kuin sen frendit. No mitä se

nyt tekee, ärjyykö se siellä huoneistossaan? Jos oikein kuulen,

niin niinhän se tekee. Mutta kyllä se on mumissut jotain

Pyhästä Yksinkertaisuudesta. Elikkäs, elikkäs kait se sit

kuiteskin on kuin pieni lapsi. Muumimaailman hattiwatti.

Mutta mitä se Platon oli mieltä siitä intuitiosta? Ideaoppi on

Platonin metafyysikan keskeisin teoria. Sen mukaan ikuisena

erillisessä ideamaailmassa olemassa olevat ideat, eivät

aistihavaintojen kautta meille tunnetut aineellisen maaliman ilmiöt ja muutokset, ovat todellisimpia kaikkein korkeimmassa ja perustavammassa mielessä. Ideat ovat ikään kuin aistimaailman asioiden arkkityyppejä.

Eli pelkkää ideaa koko hullu kirjailijaparka siellä naapuriasunnossa. Kait sillä tuli voimaton olo ja luomisentuska, jos se kerran oli maanisdepressiivinen ja luova tyyppi. Ihme juttu! Se kait laskeutui sieltä vuorilta kaikki filosofiakirjat mukanaan. Sit oli vielä se Michel Foucault, ranskalainen hemmo, joka kuoli 1984. Eli vähän nykyaikaisempi filosofi, joka puhui asioiden järjestyksestä.

Joo, joo järjestyksestä tosiaan, elikkäs mikä nyt sitten oli asioiden alkuperän kysymys. Taitaa liipata hiukka Platonin oppeihin, ja korva senkun kuuntelee. Foucault itse katsoi jatkaneensa ajattelussaan valistuksen itsekriittistä perinnettä ja historiallisen järjen itsekritiikkiä. Viimeisinä vuosinaan hän nimesi ajattelunsa pyrkimyksen: luoda filosofista omaa itseämme ja olemassaoloamme kyseenalaistavaa ontologiaa. Foucault pysyikin loppuun asti niin sanotun filosofisen humanismin ja antropologian kriitikkona.

Pahin juttu sille kirjailijalle taisi olla Foucaultín kirja The Archaeology of Knowledge. No sitä se tarpoi mennen tullen. Minä nimittäin näin kauhean kasan muistiinpanoja levittäytyvän silmieni eteen, ihan tosta noin vain kuvitellessani kaiken.

Juu ja sen korva kuunteli kaikkee, oikeastaan mua alkoi pelottamaan koko naapuri. Mut kait se sit on sillee, että kirjailijat ovat luovia taiteilijoita. Ja oikeita sanoja, riimityksii, lauseita on välillä vaikee löytää, ettei ihme, että hukkuu sitten muistiinpanoihinsa. Meinaan vaan, että mitä kirjailija voi sanoa todellisuudesta? Todellisuushan on koko aika valoa pakenevaa, ja vaikka kuinka väittäisi löytäneensä järkevän idean tai ajatuksen koetusta aistimaailmasta niin annas olla kun tunne katoaa ja siitä on vaikea enää kirjoittaa. Tällaisia minä pähkäilin, kun ajattelin hullun kirjailijan työtaakkaa, ja voihan olla, ettei se koskaan saa valmiiksi suurteostaan, jota se mielessään kuvitteli tekevänsä. No armoa vähän! Ehkä se onnistuu, kun on laskeutunut vuorilta ja viettänyt lähteen ääressä seuraavat kymmenen vuotta. Mutta välillä se kirjoitti runoja ja lausui niitä ääneen... tai sitten se vaan yksinkertaisesti kuunteli musiikkia. No toisinaan rupesin miettimään, että kumpi tässä hullu oikeastaan oli, se kirjailija vai minä? Mut se kun se oli ollut siellä sairaalassa, oli ollut sille melko rankkaa aikaa, ja sitä se oikein valitteli aina, kun näki jonkun tutun maantien laidalla. Minäkin toisinaan kuulin niitä juttuja kaiken maailman hiihtäjistä, ja hiljaa mielessäni ajattelin, että kyllä yksi James Joyce maailmaan riittää. Jos joku tyyppi siis kirjoittaa yhden päivän tapahtumista monta sataa sivua, niin ei se kaikilta onnistu. Se on vaan sillai, että Joyce on maailmanluokan kirjallisuuden eliittiä, eikä voi kuin vain ihmetellä, miten kreikkalainen tragedia saa monimuotoiset käänteensä.

Onko se sitten niin, että kirjallisuudessa täytyy aina olla arkkityyppejä, arkkityyppikertomuksia, joihin vedotaan ja joita siteerataan. Ja Raamattu! Se oli jo tarpeeksi kova juttu! Niin siteerattu kirja, että elävä koirakin on parempi kuin kuollut leijona. Eli se, mitä leijona ärjyi, ei aina tainnut olla järkevää? Niin en tiedä, heitin vain ilmaan tällaisen kysymyksen, koska se jollakin lailla on jäänyt vaivaamaan minua. En tiedä, vaivasiko se sitä naapuria, joka hulluna nakutti tietokoneensa näyttöön sanoja pitkin ja poikin. Kait niissä kuitenkin jotain järkee oli, nimittäin kyllä kait joku niitä tekstejä luki. Eli luovuus oli lunastanut jonkinlaisen palkkionsa, vaikka ei se kirjailija sillä työllänsä itseään elättänyt, niin Vincent se oli.

Ja Jung! Itse Carl Gustav Jung. Arkkityyppiteorian isä Jungia pidetään ensimmäisenä modernina psykologina, jonka mukaan ihmisen psyyke on luontaisesti hengellinen ja tutkittavissa pintaa syvemmältä.

Hän painotti psyyken ymmärtämistä tutkimalla unien, taiteen, mytologian, uskonnon ja filosofian maailmoja. Vaikka hän oli teoreettinen psykologi ja kliinikko, jolla oli praktiikka, hän kulutti suuren osan ajastaan tutkimalla muita aiheita, muun

12

muassa itäistä ja läntistä filosofiaa, uskontoja, alkemiaa, astrologiaa, kirjallisuutta ja muuta taidetta. Hänen huomattavimmat ajatuksensa koskevat psykologisia komplekseja, arkkityyppejä, kollektiivista tiedostamatonta sekä synfokronisiteettia. Jung tähdensi tasapainon tärkeyttä, koska psykofyysinen on kokonaisuus. Jungin mukaan nykyihmiset luottavat liiaksi tieteeseen ja logiikkaan. Hän otti huomioon individuaation merkityksen ihmisen henkisessä kasvussa. Individuaatio on keskeinen käsite analyyttisessa psykologiassa.

Joo, joo, individualismi! Sitähän se kirjoittava Gogh toitotti. Ole yksilöllinen, näe valo… Ja minä kun korkeintaan näen valoa, kun laitoin kattolampun päälle. Individualismi totta tosiaan, ainakin mitä sen pukeutumiseen tuli. Kulki kummat rättivaatteet päällä, ei olleet viimeisintä muotia nähneetkään.

Entä ne tekstit? Ne kyllä olivat perin kummallisia, se on kyllä

pakko myöntää. Arkkityyppejä ne varmaan vilisivät ja

jokaisella arkkityypillä taisi loistaa Pyhimyksen sädekehä

päänsä päällä, niin Plotinoksella, Platonilla, Zarahustralla,

Foucaultilla, Jungilla ja muilla.

Ai niin ja se Freud jäi vielä mainitsematta, sille kun uskonto oli

myrkkyä. Freud ei tainnut paljoo haloilmiöstä perustaa, se kun

vain puhui siitä seksistä. Mutta oli sillä naapurin Van Goghilla

suhteita ollut ja yksi lapsikin. Kai ne suhteet juuri oli sen

päänkin sekoittaneet? Etsikö se sitä ikuista rakkautta vai mistä

oikein oli kysymys? Mutta yhtenä päivänä se ihan oikeasti

säteili, ja kuinka ollakaan se oli löytänyt uuden rakkauden!

Minä kun pähkäilin, niin kyllä se varmaan vaikutti nyt sen

teksteihin ihan eri tavalla. Näytti tosiaan, että nyt se oli

löytänyt valon. Usko, toivo ja rakkaus –lauseesta. Jos se oli

joku Novalis-jutun Hymnit yölle ja rakkaudelle. Sekin tyyppi eli

silloin joskus 1770-luvun lopusta juuri 1800-luvun alkuun. Ei

elänyt kauaa. Kuoli nuorena, mutta ehti kirjoittaa paljon.

Novalis kuului romantiikan perustajiin, ja juuri hän ajoi tämän

sanan käyttöönottoa. Novalis kirjoitti runojen lisäksi

päiväkirjaa sekä kirjeitä. Kiehtovaa hänen teoksissaan on

muun muassa niiden fragmentaarisuus. Tästä on saanut

nimensä suomen kielellä julkaistu *Fragmentteja*, kokoelma

Novaliksen teoksia.

Muuten se Herman Hessekin puhui Novaliksesta kuuluisassa

pääteoksessaan *Lasihelmipeli*. Sophie itse Viisaus. Sofia

(muinaiskreikaksi Σοφια ˋviisausˋ) viittaa gnostilaisessa

perinteessä Jumalan viimeiseen ja alimpaan emanaatioon. Useimmissa ellei kaikissa gnostilaisissa myyteissä, kuten klassisessa setiläisen gnostilaisuuden myytissä, Sofia saa aikaan epävakauden jumalallisessa Pleromassa eli Täyteydessä, mikä sai vuorostaan aikaan materiaalisen maailman luomisen. Myönteinen tai kielteinen asenne aineelliseen maailmaan riippuu näin ollen siitä, kuinka Sofian tekoihin suhtaudutaan.

Novalis kihlautui Sophien kanssa, mutta tämä kuoli nuorena. Ai niin ja ne Augustinuksen aikakäsitykset. Miten ylittää kuolema? Vapaa tahto oli eräs Augustinuksen käsittelemiä ongelmia. Hän pohti, voiko ihmisen tuomita helvettiin pahojen tekojen takia, jos hän ei itse toimi oman tahtonsa mukaan tai ei tunne kristillisiä opetuksia. Erityisesti pelagiolaiskiistassa Augustinus korosti armon olevan pelastuksen edellytys.

Ihmisen tahto oli Augustinuksen mukaan alun perin tehty vapaaksi, mutta synnin vuoksi sittemmin turmeltunut ja rappeutunut. Toisin kuin protestantismissa usein on tulkittu, Augustinus ei kuitenkaan kumonnut ajatusta ihmisen vapaasta tahdosta. Augustinuksen korostus oli, että sekä Jumalan suvereeni armo että ihmisen vapaa tahto täytyy hyväksyä.

No 2000 vuotta asiasta varmaan on kiistelty. Vapaa tahto näytti olevan hullun naapurin kirjailijankin ongelma! Ehkä hän kykeni pakenemaan sitä ainoastaan köytetyllä kielellä? Miten niitä sanoja oikein luodaan, kun on sanonut jotakin, niin kohta on sanontansa vankina. Mutta rakkaus, rakkaus se kukoisti ja sen vuoksi olin myös onnellinen naapurini puolesta. Ja sanoihan Zarahustrakin näin: "Rakastan sitä, joka tekee hyveestään kohtalon – niin hän haluaa elää hyveensä vuoksi ja olla enää elämättä." Näin sen silmissäni kuinka kirjoittaminen oli Goghimme hyve. Se ei tarkoittanut sitä, etteikö kirjailijaparka ollut liikkeessä, liikkeessä hän totta tosiaan oli, mutta silti pysähtynyt. Näytti siltä, että hän oli löytänyt vapaan tahdon rakkauden elämässään ensimmäistä kertaa. No se teki hyvää hänen kompleksiselle persoonallisuudelle. Hänhän oli tehnyt teatteria kirjoittamisestaan, varsinaisia pieniä näytelmiä näyttämötaiteesta. Nyt hän oli löytänyt rakkauden suuren näytelmän! Kirjailijan isä oli saanut hänet tekemään kaikenlaista, jopa aloittamaan itse kirjoittamisen. Viimeiset sanat, jotka hullu kirjailija isältään oli kuullut, olivat: "Koska poltat niin paljon tupakkaa, ala kirjoittamaan..." Mikä ohje näytti siltä, että nyt Van Gogh –parka toteutti isänsä muiston

18

vuoksi tuota ohjetta kuumeisesti ja kiireellä. Ei sillä, yhtä folklorea oli kyllä hänen omakin elämänsä ollut. Mutta autokolari oli ollut paha juttu! Se sai kirjailijan elämään kuin viimeistä päivää, vaikka oikeastaan niin ei olisi pitänyt tehdä. Tai mikä minä olen häntä tuomitsemaan, mutta näytti siltä, että juuri sellainen elämäntapa aiheutti hänelle paljon ongelmia. Se ajoi hänet liikkeelle ryntäämään aina draamatilanteisiin. Milloin juoksemaan hullun lailla pakkasella tai ajamaan pyörällä räntäsateessa. No joo ainakin tuollaisia tilanteita voisi luetella kasapäittäin, mutta ehkä nämä esimerkit riittävät ja nyt rakkaus! Palataan siihen. Zarathustra sanoi tämänkin: "Rakastan sitä, jonka sielu on tuhlaavainen – joka ei halua kiitosta ja joka ei sitä anna, sillä hän antaa aina eikä tahdo säilyttää itseään." Van Goghin rakkaus siis oli kaunis. Muutkin ympäristössä huomasivat sen. Kaikkensa antaneena, hän vain kirjoitti. Yritti riimitellä kehikkoista

kirjoitelmaansa. En vielä tiedä, onnistuiko hän siinä, mutta

ainakin hän yritti sinnikkäästi! Ja yritti kurkottaa kohti taivaita.

Voi luoja! Tuliko Tuomaan kirja väliin? Tuomitsiko hänen

menneisyytensä hänet kokonaan? Mutta tuntui siltä, että

häneltä odotettiin jotakin. Ja näytti siltä, että hän tiesi sen

itsekin. Eri asia oli, kykenisikö hän toteuttamaan mitään,

noista monistamisen ongelmista. Eikö siis välillä tunnu siltä,

että kaikki tässä maailmassa on jo sanottu? On niin paljon

helpompaa olla nuori ja uljas kuin vanha ja väsynyt... Eihän se

välttämättä tarkoita sitä, että nuoruuden hullut ideat olisivat

jotenkin vääriä, mutta vanhana niin vain saattaa näyttää.

Nuorena kuvioissa saattaa olla elämän hulluus, juopuminen

itse elämästä. Vanhana voi päätä jo alkaa särkeä kaikesta

menosta ja metelistä, kyynistyykö ihmisparka siten?

Tulevaisuus oli siis avoin, mutta täynnä mahdollisuuksia. Ei silti, etteikö ihmisessä aina asu itsereflektio, kysely ja palaaminen menneen, nyt-olon ja tulevaisuuden välillä. Se tekee välillä etäisyyden kaikkeen, ihminen on oikeastaan yleensä Toinen itselleen. Mutta onneksi joskus kaiken Toiseuden voi unohtaa. Kirjoittihan hullu Van Gogh alussa jotakin Plotinoksesta... Ja Herman Hessen Josef Knecht seikkaili Kastaliassa. Hessen mukaan asia meni näin: "Jos maapallo olisi valiokoulu, veljeskunta kaikkien ihmisten yhteisö ja sen johtaja Jumala, miten täydellistä olisivatkaan silloin nuo lauseet ja koko säännöt! Kunpa niin olisi, miten suloinen, kukoistava ja viattoman kaunis olisi silloin elämä!"

21

ÄIDIN PÄIVÄ

Tänään ei ollut helppo päivä tuumi hän itsekseen, sukka oli

vielä kutomatta ja sininen lanka oli loppu. Nyt kello oli jo niin

paljon ettei kannattanut lähteä lähimpään liikkeeseen. Mitä

hän nyt tekisi olo tuntui tyhjältä ja mieli oli raskas.

Sairaanhoitaja kävi tänään ja vaihtoi letkut. Miten tämä elämä

voi olla näin raskasta. Nuorena mieli tuntui niin keveältä se oli

kuin laukkaava ori tai tamma joka kirmasi pellolla kasteisessa

maassa. Sillä tavoin selittämättömät teot tulisivat julki.

Nuorena olo oli raikas kuin vastapaahtunut kahvi. Aivan jospa

hän piristyäkseen joisi kupin tuota vahvaa hyvää ja lämmintä

kahvia, jota aamulla oli käynyt ostamassa. Tässä ei kuitenkaan

voisi vielä mennä nukkumaan. Jotenkin olo oli sellainen ettei nukkumaan meneminen tullut nyt mieleenkään. Paljonpa

hoitaja oli kysellytkin, kukaan muu ei enää kysellyt mitään.

Hoitaja oli maininnut jotain kauniista säästä ja se jätti

ihmetyksen. Eikö tänään kuitenkin ollut ihan samanlainen

harmaa sää kuin niin monena muunakin päivänä. Sellaisina

päivinä jolloin mielen ei huvita tehdä mitään ja pakko

kuitenkin olisi nousta ja jaksaa kulkea kauppaan ja takaisin. Se

otti niin kovasti jaloille, heikot olivat näin vuosien saatossa,

miten kaikki oli päässyt niin salakavalasti käymäänkin. Poikakin

moitti häntä ettei hänestä enää ole mihinkään, vanhainkotiin

joutaisi mokomakin ihmisriepu. Julmia olivat sanat olleet. Ne

kaikuivat monena yönä korvissa ja tuli tuskanhiki ja paha olo ja

ahdistus. Eihän hänenlaisellaan tainnut enää ihmisarvoa olla,

tosiaan vanhainkotiin joutaisi mokomakin, hän jo mielessään

moitti itseään. Sinne saisi hukkua, kukaan ei koskaan tulisi tervehtimään, palapelejä päivät pitkät, tai sukan kudontaa.

Toiset olisivat vieläkin höperömpiä kuin hän, ei edes

keskustelua saisi aikaiseksi. Ikuisesti yksin! Sama se sitten

missä olisi olisiko sitä jo muiden hoidettavana ainoastaan

radio seurana. Sellaista se olisi maailmanmeno ja poikakin niin

raaka äitiänsä kohtaan. Eihän yksinäisyydessä sinänsä mitään

vikaa ollut. Hän viihtyi hyvin sukkapuikkojensa kanssa siinä

hänellä riitti puuhaa kun hän sommitteli kauniita

väriyhdistelmiä. Välillä kuitenkin tuli mieleen että kenelle hän

niitä sukkia kutoi. Pojallakaan ei vielä ollut perhettä, ei

kuulemma voinut perustaa sellaista kun toimeentulo oli niin

epävarmaa. Niinhän se oli ollut hänenkin aikanaan. Jatkuvaa

kamppailua, mutta taitavat ajat nyt olla toiset. Vaatimukset

ovat kasvaneet ja ahneus sitä myötä. Niin sen täytyi olla,

vaikka hän kuinka käänsi ja väänsi asiaa, hän päätyi aina

samaan lopputulokseen. Mutta ketä sitä moittiminen kaikilla oli oma elämänsä ja sitä sitten vain ihmetteli ja vierestä katsoi. Yksinkertaista mietti hän. Niinhän se naapurin musiikkia pauhuttava sällikin varmaan mietti. Eihän elämä sen monimutkaisempaa ole. Yksinkertaista se on. Kuin toukokuussa kasvava valkovuokko, sen kun poimii niin yksinkertaisesti hetken se on kaunis ja sitten kuihtuu. Miten sitten oli ollut hänen avioliittojensa aikana. Yksinkertaista silloinkin, sitä vaan elettiin ja oltiin, ei paljoa kummasteltu. Jokaisella oli oma tehtävänsä, miehellä miehen ja naisella naisen. Nyt on erilaista, mutta eikö se sittenkin ole yksinkertaista? Miten hänen ajatuksensa nyt jäivät junnaamaan kuin vanha puhki kulunut levy? Saisi varmaan vaihtaa tuoreempaan, olisi tuollaista räväkkää menoa kuin naapurissa. Mitähän musiikkia sekin poika kuuntelee, kauhea melua ja jatkuva pauke. Ei sitä käsitä ensinkään. Eikä siinä mitään, mutta välillä yöunet menevät. Silloin on paha merrassa. Niin se on kuin hauki olisi katiskassa, mieli luikertelee ja elimistö kaipaa unta, vaan kun ei. Unta ei tule kun sen aikainen melu ja möykkä täyttää koko rapun. Siellä vanhainkodilla varmaan hiljaisuus toteutuisi. Taitaisivat mummot ja vaarit olla yöpuulla jo viiden aikaan. Niin se jatkuva uni. Eihän kyllä vielä olisi siihen valmis. Pitäisiköhän hänen kutoa välillä lapaset eikä aina vain näitä iänikuisia sukkia. Mutta miten se olisi, ei hänelle kukaan koskaan opettanutkaan miten vanttuut kudotaan. Sekin taito jäi oppimatta niin kuin moni muu. Mitä sitä kaikkea yksi ihminen onhan elämä kuitenkin rajallinen, määränsä kullakin. Ei se auta kun huomenna lähteä kauppaan ja kutoa sitten sukka loppuun. Sitä voisi kyllä kirjastosta löytää ohjeet miten niitä kintaita kudotaan. Se on merkillinen paikka se kirjasto. Nuorena hän eksyi niihin saleihin ja sillä tiellä tunsi edelleen olevansa. Vähän sitä vanhemmat silloin moittivat että aina hän niitä kirjoja kotiin kantaa jää kotityöt tekemättä, kun hän sillä tavoin eläytyy kirjojen maailmaan. Mutta kuka sitä nyt anteeksi voi itselleen antaa, sehän oli hänen luonne. Hänen eläytymisensä, sitä kautta hän eli ja hengitti se antoi hänelle voimaa arjen raskaassa raadannassa ja jos totta puhutaan elämä olisi ilman kirjoja ollut merkityksetöntä. Nyt hän ei enää lukenut, kuunteli vain radiota, joskus sieltä tuli kuunnelmia ja nekin olivat mielenkiintoisia. Välillä taisi sukan varresta tulla liian pitkä kun hän huomaamattaan kutoi ja kutoi kuin kutojalintu. Mitä nekin sielunlinnut oikein olivat? Olihan se isoäiti niistä vanhemmiten puhunut. Kai joku vanha uskomusperinne sekin. Sellaisia matkaajia. Eikö se riittänyt että paikoillaan oli ja pysyi? No ei se kyllä hänellekään ollut

riittänyt olihan hänkin ollut kolme kertaa naimisissa, mutta ne

kaksi avioliittoa olivat menneet jossakin kohtaa ojaan. Sitten

oli tämä viimeinen ja lapsikin oli tullut. Se olikin hänen

ainoansa ja kuinka paljon hän oli lapselleen niitä tarinoita

kertonut, vaan ei, ei se lapsi vielä ymmärtänyt häntä. Taitaa

olla armoton tämä sukupolvien välinen kuilu. Aina uusi

maailma ja uudet kujeet. Vilskettä ja vilinää! Jospa sitä sitten

testamenttaisi kaikki tuhat ja yksi sukkaparia pojalleen. Jäisi

jotain perintöä äitimuoristakin. Vaikka tällainen vanha ja

höperö, niin vielä se huumorintaju tallessa.

ROUVA HIENOHELMA

Päiväunelmani ovat ihania mietiskeli rouva hienohelma.

Tänään hän oli saanut uuden puvun ja ihasteli sitä peilin

ääressä. Mihin tilaisuuteen puku sopisi. Se oli niin kaunis,

vaaleanpunaista sifonkia. Rusetti rintamuksessa kruunasi

kaiken. Viinilasi oli pöydällä. Hän oli juonut hieman siitä ja

tunsi olonsa lennokkaaksi. Miten hän kertoisi miehelleen, että

juuri tämä puku hänen oli saatava. Kallis se oli ollut. Yksityinen

ompelija oli ommellut sitä yli kolme kuukautta. Mutta kylläpä

tulos oli sen arvoinen.

Peili oli valtava. Se oli huoneen keskipisteessä. Siitä näki koko kuvan. Palvelijakin oli ihastellut puvun väriä ja sifongin runsautta. Rouva itse oli suunnitellut asunsa. Hänen mieleensä olivat tulleet isot vaaleanpunaiset kukkaset ja turhamaisuutensa vuoksi hän tunsi että ajatuksesta olisi synnytettävä jotain. Luonnostelmia puvusta oli riittänyt. Rouva tunsi kuinka hän oli pukujen suunnittelija. Eihän se niin vaikea ammatti ollutkaan. Tosin hän tiesi että vain yhden puvun suunnittelemiseen ei kuluisi niin paljoa aikaa kuin häneltä oli mennyt. Hänellä ei ollut muuta, olo oli tyhjä ja puvun kauneus korvasi sen. Ei edes leikkivien lapsien ääni lohduttanut rouva hienohelmaa.

Hän tunsi olevansa vanki omassa ruumiissaan. Ei hän tällaista elämää ollut suunnitellut, mutta yhtäkaikki näin vain oli käynyt. Herra hienohelma ei koskaan ollut kotona. Aina hän oli matkoilla, kiireellisiä asioita hoitamassa, ja kauppoja solmimassa. Mitä rouva siitä sai. Hänellä oli niin kovin tyhjä olo. Mies kyllä palvoi häntä ja kehui hänen lapsenhoitokykyjään ja kaunista ulkomuotoaan. Koskaan mies ei kuitenkaan sanonut, minä rakastan sinua. Ei hän ollut sanonut sitä silloinkaan, kun he menivät naimisiin. Sekin oli perheiden välinen sopimus. Aatelisverivelvoitti. Rouva siemaisi viiniään ja naurahti. Viini oli kyllä hyvää ja humallutti nopeasti antoi oikeutuksen unohdukseen. Oman ruumiinsa vanki, entä sitten kun hän vanhenisi? Miten mies suhtautuisi häneen silloin? Olisi yhä enemmän matkoillaan ja katselisi nuorempia tyttöjä. Ei, ei rouva parahti mielessään, hänen oli saatava nämä kuvat pois mielestään. Ne koskivat ja satuttivat liikaa.

Ehkä olisi ollut parempi jos hän olisikin suunnitellut mustan puvun. Mustan kuin variksen.

Toisinaan hän tunsi kuinka hänen äänensä käheni ja se oli enää kuin variksen vaakuntaa. Mitä sinä mieheni teet matkoillasi, etkö rakasta minua, perhettämme tätä yhdessäoloa. Ystäviä ei ollut vain puolituttavia. Sellaisia joita juhlissa tapasi. Ennen he juhlivat yhdessä useinkin, sitten he lopettivat sen. Se oli ollut se suuri kohtaus, joka heidän välillään oli tapahtunut. Oikeastaan rouva hienohelma tiesi että sellainen oli tulossa. Mies oli eräissä juhlissa tanssinut koko illan viehättävän nuoren neitosen kanssa. Mitäpä rouva hienohelma olisi voinut tehdä. Hän järjesti kohtauksen. Sellaisen että kaikki kuulivat ja näkivät. Voi sitä häpeää, voi.

Hän olisi halunnut unohtaa sen illan. Unohtaa sen kuin pahan unen painajaisen. Mutta se oli kuin käärme joka kalvoi sisältäpäin. Miehen mauttomat lausahdukset ja itseellinen olemus. Eikä rouva hienohelma kyennyt tekemään mitään. Siitä hetkestä hän alistui kohtaloonsa, tiesi että tämä oli hänen kohtalonsa, tällaista hänen elämänsä olisi loppuun asti.

Mies viekoittelisi nuoria tyttöjä ja hän jäisi yksin pukujensa kanssa ja lapsiensa. Mutta eivät nekään olleet hänen omiaan, palvelijat, lapsenhoitajat ja opettajat pitivät heistä huolta. Rouva hienohelma turhautui ajatuksistaan. Eikö elämässä ole muuta kuin tämä kärsimys? Joskus hän pakeni talosta kulki labyrinttiä kohden ja etsi sen reittejä. Puutarhuri oli taitavasti synnyttänyt sen. Se oli oikeastaan ainoa pakopaikka, joka rouva hienohelmalla enää oli jäljellä. Mielen pakopaikka ja puvut. Kalliita kankaita ja taitavat kädet niitä tekemään. Pukuhuoneessa kulkiessaan hän tunsi kuinka vuodet vierivät ohitse. Tätä pukua hän käytti kun ensimmäinen lapsi oli syntynyt ja tätä kun se kamala ilta tuli. Voi kunpa hän voisi pyyhkiä sen muistoistaan! Sellaista ei olisi saanut tapahtua kenellekään, se ei ollut oikein.

Siitä päivästä lähtien puolituttavatkin olivat katsoneet häntä hämmästellen, hän tunsi olevansa juhlien narri ja vetäytyi seuraelämästä kokonaan. Kadullakin kävellessään hän tunsi katseiden painolastin. Voi sitä häpeää totta tosiaan ja lapsukaiset olivat vielä niin viattomia. He eivät tunteneet elämän raskasta taakkaa. Tytöllä oli vaaleankeltaiset kauniit kiharaiset hiukset ja poika oli perinyt äitinsä hymykuopat.

Mutta usein hän väsyi. Hän ei jaksanut seurata lasten leikkiä ja

sitä ääntä ja melua.

Pois pois, hän juoksi rakkaaseen labyrinttiinsä. Entä jos hän

olisi tehnyt toisin? Alistunut vain äänettömästi kaikkeen,

hyväksynyt miehensä keimailut nuorten tyttöjen kanssa?

Entäpä? Mutta mennyttä ei saanut takaisin, sen hän tiesi ja se

ahdisti häntä. Se oli kuin taakka joka painoi hänet takaisin

vuoteeseen. Oli niitä päiviä jolloin hän ei kyennyt valitsemaan

pukua ja astua huoneisiin, sellaisia päiviä oli viime aikoina ollut

paljonkin. Kärsimys vain tuntui kasaantuvan. Ei ollut ketään

kenelle puhua ja miksi puhua kun kukaan ei ymmärtäisi hänen

ahdistustaan. Oliko mies jo matkoillaan tanssittanut nuoria

tyttösiä Ei ei. Hänen olisi oltava rauhallinen hän ei saisi pohtia

tuollaisia tai ahdistus kasvaisi ja painaisi hänet lopulta

maahan.

Vaaleanpunaiset kukkaset. Ne kyllä olivat kauniita, kuinka

puutarhuri olikin osannut valita sellaiset, ehkäpä hän tiesi.

Ehkä hän ymmärsi rouvan salaisen tuskan, sellaisen josta ei

puhuta ääneen. Milloin puutarhuri oli tullut taloon? Oliko siitä

viisi vai kymmenen vuotta aikaa? Ja aikakin tuntui niin

merkityksettömältä. Vuodet vain vierivät ja lapsiensa

kasvaessa rouva tunsi itse vanhenevansa. Elämän kiertokulku

on julma. Se jättää haaksirikkoiset merelle. Ja hyvä niin,

merellä olikin turvallisempaa, sehän oli kuin naisen kohtu. Voi

kuinka hän olikaan tuntenut jännitystä ensimmäisen lapsen

syntyessä. Se kipu ja se rakkaus! Mihin ne nyt olivat

kadonneet? Jäljellä ei tuntunut olevan mitään. Viini paranee

vanhetessaan, totta rouva hienohelma huokaisi. Mutta entä

hän? Hänellä ei ollut suuntaa elämässään ja hän tunsi kuinka

hän seilasi yksin. Labyrintin vihreät lehdet olivat kyllä kauniita,

rouva hypisteli niitä hajamielisesti. Tällainen määrä lehtiä

pensaikossa, jospa hän repisi ne kaikki irti, kuin jokaisen

vuoden päivän kuukauden elämästään. Karsisi kaiken pois.

Puutarhuri varmasti ymmärtäisi.

Olisiko hänellä huonetta mihin paeta? Milloin mies tulisi

kotiin, kiireessä kirjoitettu kirje oli niin lyhyt. Kaupat solmittu,

tulen kun saan tietää laivayhteyden. Ei sanakaan minä kaipaan

sinua, minä ikävöin sinua rakkaani valkea lilja. Ei, ei sanaakaan.

Jospa hän keskustelisi puutarhurin kanssa? Labyrintin keskiöön voisi tehdä pienen kukkaistutuksen. Unohduksen kukkaset. Puutarhurilla saattaisi olla tietoa olisivatko ruusut sopivia vai kenties jotkin muut kukkaset.

Ihmeellinen mies se puutarhuri. Oli ensin saapunut taloon yksin, vuoden kuluttua tuonut vaimonsa ja toisen vuoden päästä lapsensa, kaikki kuusi. Rouva ihmetteli missä lapset olivat olleet. Mieron tiellä kerjäämässä elämässä omaa elämäänsä? Heistä kyllä oli seuraa hänen omille lapsilleen. Lasten leikit, niin viattomat ja kuitenkin täyttä totta. Ei tänäänkään aurinkoa, voi kuinka nämä päivät ovat raskaat. Entä sitten kun mies saapuisi kotiin, pukisiko hän vaaleanpunaisen pukunsa ja näyttäisi että kyllä hänkin vielä on kaunis?

MIES JOKA ASUI
SAAPPAASSA

On harvinaista kuulla kenenkään asuvan saappaassa, mutta

Lauri-enosta seuraavaa tarinaa kerrottiin:

18-vuotissyntymäpäivänä hän sai lahjaksi punaiset Nokialaiset.

Muuttaessaan pois kotoaan ja lähtiessään opiskelemaan

Helsinkiin eno nappasi ainoan omaisuutensa olalleen ja vaihtoi

postiosoitteensa. Asumuksena saapaspari oli joka keliin

sopiva. Kesäisin tosin hiki virtasi, varsinkin kun viime aikoina

kesät ovat olleet mitä lämpimimmät. Vieraitakin oli vaikea

viihdyttää kesällä: he poistuivat nopeasti kahvit juotuaan.

Eräänä päivänä teologian luennolta palatessaan Lauri-eno sai

kotiovellaan lukea viranomaiskirjeen. Naapurit olivat

valittaneet pormestarille saappaasta lähtevästä hienhajusta.

Vaihtoehtoja oli tasan kaksi. Hajun oli lakattava tai Lauri-enon

vaihdettava asuinpaikkaansa syrjäisemmille seuduille. Kalliin

raikasteen ostamiseksi enon oli paiskittava ylitöitä

tiedekunnan kirjastossa. Sekin oli merkillinen paikka.

Sokkeloisiin hyllyväleihin oli kokemattoman työntekijän

helppo eksyä. Etsiessään vanhaa painosta Augustinuksen

"Tunnustuksista" eksyi eno esoteeristen kirjojen osastolle.

Pölyttyneiden hyllyjen keskelle oli pudonnut muutama teos.

Tätä tarinaa kerrottiin Lauri-enon ihmeenä, sillä eräs kirja

kertoi saapasraikasteen valmistamisesta. Hämmästynyt Lauri

lainasi teoksen ja lähti kesken työpäivän kaupungille

kauppoihin. Ostoskasseihin kertyi kiloittain sitruunoita,

lakritsia, talkkia ja rommia. Kattiloiden poristessa ympäristöön alkoi levitä miellyttävä sitruunalakritsin tuoksu. Kummastelevat helsinkiläiset kerääntyivät runsaslukuisina tontille. Oliko keskelle Kalliota pystytetty makeistehdas kenenkään tietämättä? Ensimmäisten joukossa paikalle tullut toimittaja kuvasi höyryävän saappaan. Ja kun kuva sai Vuoden Paras Lehtikuva – palkinnon, tästä lähtien Saapas-turistien virtaa ei voinut hillitä. Salaista reseptiä udeltiin ympäri maailman aina Tiibetistä saakka. Kaiken tämän hälinän keskellä Lauri-eno yritti keskittyä opintoihinsa. Oli kuin heprean-, kreikan- ja latinankieliset sanat olisivat menettäneet merkityksensä, ja reseptin salaisuus alkoi paisua suuremmaksi kuin vanhojen aikojen mysteerit.

Yhtenä yönä hiestä märkänä herätessään Lauri-eno päätti soittaa heti Finnairille. Pakkomielle Italiaan matkustamisesta ei kuitenkaan lähiaikoina näyttänyt toteutuvan, sillä matka olisi ollut liian kallis. Mutta jo aamupäivällä posti toi iloisen yllätyksen: Lauri oli voittanut tiedekunnan arpajaisissa opintomatkan Tiibetiin. Ja saappaat jälleen olallaan lähti Lauri lentoasemalle. Kaikki koneen matkustajat tahtoivat kuvaan punaisten saappaiden kanssa. Kun kone vihdoin laskeutui, Laurilla oli huikea migreeni – salamavalot olivat tehneet tehtävänsä. Lhasan kaduilla Lauri huomasi munkkeja ja pyysi heiltä mahdollisuutta päästä hiljentymään heidän pariinsa. Munkit miettivät asiaa hetken ja ehdottivat Lauri-enolle saappaiden maalaamista oransseiksi, kuten munkkien kaapujen väri oli. Lisäksi etuna olisi, ettei saappaita enää tunnistettaisi kuuluisiksi punaisiksi saappaiksi. Lauri noudatti neuvoa, ja kaduilla ihmiset hymyilivät hänelle.

Tuulisena päivänä vuorilla vaeltaessaan Lauri pysähtyi mietiskelemään näköalapaikalle. Alla levittäytyivät Tiibetin laaksot, ja taivaalla kultaisen-oranssin auringon väri. Auringon valo väistyi pikkuhiljaa, samalla kun Laurin mielen täytti kirkkaus. Siinä istuessaan saappaiden merkitys avautui hänelle. Hajulla, koolla, näöllä ja värillä ei ollut merkitystä. Saapas oli saapas, se vain oli opittava tuntemaan.

Kun Lauri palasi pyhään luostariin, olivat munkit huomaavinaan hänen valaistuneen olemuksensa. Vanhin munkeista muisti ennustuksen, jonka mukaan maailmalta saapuisi mies, joka opettaisi luostarin väelle suuren viisauden. Tämä ennustus näytti nyt koskevan Lauria. Ja aurinkoisena päivänä munkit kokoontuivatkin ympyrään kuuntelemaan Laurin opetuksia. Lauri puhui soljuvasti muinaiskreikkaa, latinaa ja hepreaa sikin sokin. Hän lateli maailman viisauksia ja selitti, että kaikkein tärkein merkitys piili siinä, ettei jalan ja saappaan, eikä jalan ja taivaan, eikä jalan ja veden, eikä jalan ja maan, eikä jalan ja tulen välillä ollut eroa. Munkit käsittivät Laurin viisauden olevan aitoa. Kun yksi munkeista siirsi videon Laurin luennolta YouTubeen, sai Laurin opetus laajan kannattajakunnan. Laurin uusien oppilaiden välille kehkeytyi tuota pikaa koulukuntakiistoja. Tulisaapaslaisten mielestä kyseessä oli ennen kaikkea poliittinen manifesti, kun taasen Ilmasaapaslaiset kallistuivat kontemplatiivisen henkisyyden korostamiseen. Lauri itse oli ymmällään näiden kiistojen keskipisteessä. Valaistuminen oli Laurille kokonaisvaltainen kokemus, sen vuoksi hänen oli vaikea ymmärtää kiistojen syntyä.

Aurinkoisena päivänä uutinen isoisän sairastumisesta kiiri Suomesta Tiibetiin. Tällä kertaa oranssit saappaat matkasivat laivakyydissä, koska Lauri muisti vielä, että lentokoneessa hän olisi välkkyvien salamavalojen armoilla. Laivassa hän sen sijaan saattoi sulkeutua hyttiinsä ja keskittyä tiedon jakamiseen Internetin välityksellä. Helsingin satamassa mustiin pukeutuneet sukulaiset olivat vastassa. Isoisä oli kuollut edellisenä iltana. Laurin valtasi suuri suru, seuraavat päivät kuluivat kuin usvan alla. Isoisä oli kuuluisa shamanistisista opeistaan, ja Lauri muisti, että Neljän Tuulen Tien oppi selitti elämän ja kuoleman kulkevan kehässä. Ihmiset vaeltavat lännestä itään ja idästä länteen ja näkevät auringon ja talven matkallaan. Saappaillakin on oma elinkaarensa, Lauri ajatteli.

Jossain vaiheessa ne alkavat vuotaa, haista ja murentua. Siinä

eivät raikasteet auta. Olivatpa saappaat minkä hajuiset,

kokoiset, näköiset tai väriset hyvänsä, ne ennen pitkää

hajoavat, murentuvat ja hapertuvat käyttökelvottomiksi.

Mutta, jos näet ihmisten käyttävän Nokialaisia, minkä värisiä

tahansa, tiedät, että Laurin opit ovat edelleen levinneet

maailmalla.

METSÄN VASA

Minä olin vasa joka juoksi pellolla. Ympärilläni olivat valkoiset

hirvet. Muistinjäljet sekoittuivat mutaiseen maahan. Kirmasin

ja rakastin luontoa. Sinäkin olit siellä jossain. Ruoho oli vihreää

ja aita matala. Kaukana oli myös sininen järvi. Metsässä oli

muitakin. Pöllö joka huusi viisaudessaan. Hiiri joka oli

kolossaan hiljaa. Kivirauniot rajasivat tilan. Se oli pyhä paikka.

Ihmiset saapuivat sinne suorittamaan rituaalejaan. Aurinko oli

heidän merkkinsä, tuo pyhä kuuma pallo. Siellä kaikki alkoi ja

siellä kaikki loppui. Siellä oli ollut ihmisten sota, miehiä oli

ammuttu isoimman kiven juureen, ainakin kaksi. Olivatko he

syyttömiä vai syyllisiä? Mitä värejä he kantoivat mukanaan? En

nähnyt, koska olin pieni vielä. Minulle vain kerrottiin

tapahtumista, osa oli tarinaperinnettä, osa totta. En erottanut

tarinaa en totuutta, imin kaiken mieleni syövereihin. Puiden

lehdet havisivat tuulessa, ne kuiskasivat omaa tarua

totuuttaan. Se iso kivi oli kuin vuori, myöhemmin kun näin sen

se oli kutistunut. Pilvet olivat tänään valkoisia, monissa eri

sävyissään. Miksi he sotivat toinen toistaan vastaan, nuo

ihmiset? Mitä aatetta he kantoivat mukanaan, mikä on

ihmisen pimeä puoli? Olivatko he käyneet sen valtavan

tammen juurella, joka oli metsän henki? Eivätkö he uskoneet

sen totuutta, ei saa katsoa liian syvälle kaivoon. Mieli rakentuu

kerrostumista, tarinat toisistaan. Totuus on julma ja ankara,

kuin hyinen talvi. Ne miehet olivat verissä päin, luodit olivat

hajottaneet heidän ruumiinsa kasoiksi, jotka nyt makasivat

kaiken menettäneenä ja maansa myyneenä. Omaisuudet

uhraajat. Karvani olivat valkoiset, koska ne muuttuisivat,

saisivat värinsä ja aatteensa. Metsän peura oli johtaja. Hänellä

oli metsän kookkaimmat sarvet. Haukka huusi huutoaan kuin

sodan aloituksen kutsumerkin. Kenen ääntä kuuntelisin? Äitini

nimi oli Valko, isäni Halko. He juoksivat eri pelloilla kuin minä.

Minun peltoni oli avara laakeus kunnes se kutistui, ymmärsin

liian myöhään. Se oli rajattu tila, kiviraunioiden ympäröimä ja

minä luulin haistelevani vapautta. Vapautta ne miehetkin

hakivat, mutta miten kävi? Toiset miehet näkivät toisen

totuuden ja ampuivat. Perheet hajaantuivat ja lapset jäivät

vaille isiään ja äitejään. Eri pelloille. Tammi menetti yhtenä

salamayönä oksiaan, sekin itki kadotettujen lasten puolesta.

Koko maa tärisi. Kaikki oli uhkaavaa ja pahaa. Pimeää. Vesi

ryöppysi puroissaan, eläimet juoksivat pakoon, koirat ulisivat

ja kissat naukuivat. Kaukana marssivat ihmisjoukot, aseet

olallaan. Minäkin yritin juosta pakoon. Miksi miehet tapettiin, miksi he joutuivat kärsimään, mistä heitä syytettiin, syyttömiä

syytettiin, syyllisiä kaivettiin kuopista, miksi? Miksi ojennat

kättä toista vastaan, sinä ihminen. Miksi kahinoit? Miksi haluat

yksin olla oikeassa, anna minun kasvaa pellollani, anna minun

haistaa tuulia. Älä tapa minua, etkö näe, olen metsän eläin,

viaton vasa. Puhun ihmislapsien puolesta, kerron mitä minulle

kerrottiin, älä katso kaivoon, Näkki tulee ja vie mukanaan.

Maan syvyyksiin, maan multiin. Tämä voisi olla mikä vuosi

tahansa, mutta tämä on vuosi 1917. Veljet nousivat veljiään

vastaan, sisaret sisariaan. Tämä poltinmerkki historiassa,

kivulias ja läpikäymättä. Sen lapsen isoisoisä tapettiin,

hukutettiin kaivoon, ammuttiin saunan taakse, upotettiin

suohon. Nyt on vuosi 2008. Punainen auto ajaa metsätiellä.

Miten lapsenlapsenlapsi muistaa vuoden 1917? Mitä hänelle

kerrottiin, mitä sukututkija tiesi? Silittikö hän päätäni, minun pienen vasan? Halusiko hän kulkea Rauhankadulta rauhankadulle? Kättelikö hän johtajia? Oliko hän toisinajattelija? Voisiko hänen maailmassaan koskaan olla rauhaa, oliko hänen peltonsa suljettu paikka, pyhä tila? Raivasiko hän äkeellä kirjojen sanomaa, oliko hän viisas? Hänen isotätinsä kuoli, vei mennessään tarinat, mutta jätti perinnön, osan talosta punaisilla pelloilla. Mitä hän siitä ajatteli? Minä laukkaan, laukkaan, olen pieni vasa, nyt minun karvani ovat puhtaan valkoiset, muuttuvatko ne harmaiksi kun kasvan isoksi? Metsässä oli muitakin. Heillä oli eri tarinat, eri totuus. Mitä he muistivat? Ajattelivat sodan tapahtumista? Miksi pitää riidellä? Tammi tukehtuu, ettekö te kuule? Ympärilläni ovat valkoiset hirvet. Alkumetsä on tila, jossa mieli voi rauhoittua, veden ääressä voi antaa muistojen soljua uusiin suuntiin. Älä itke ystäväni, älä enää. Kyllä viisaat puhuvat, he kirjoittavat sinun sanasi muistiin, he rakentavat

tulevaisuutta, uskothan sen? Juoksin pellolla, kaaduin kiveen,

taitoin jalkani. Onneksi metsän pikkulinnut auttoivat minua.

Tammi kertoi salaisuuden ja minä paranin, mutta olin ollut

sairaana kauan. Tammi oli kietonut minut juuriinsa ja ennen

kuin se päästi vapaaksi, minun oli tehtävä lupaus. Minä lupasin

ja paranin. Jouduin olemaan vaiti kertomastani salaisuudesta.

Tammi kätki sen juuristoonsa ja unohdutti mieleni. Kultainen

oksa. Tänään kiviraunioille oli tullut kävijöitä, joukko ihmisiä

lapsineen, he kiersivät kehää ja nauroivat. He eivät tuntuneet

tienneen menneisyydestä mitään. Heidän iloisuuteensa

yhtyivät visertävät pikkulinnut. Päivä oli kaunis, menin

sivummalle jotta he eivät näkisi minua, olin arka. Halusin

tietää mistä he keskustelivat, puhuivat. Arkipäiväisistä asioista,

niistä näistä. Tunsin että heidän iloisuutensa tarttui

minuunkin, näin perhosia ja auringon. Minä pieni vasa en ollut

yksin. He kulkivat mukanani ja olivat innoitukseni lähde.

Kultainen oksa. Ojennaudu kohti aurinkoa ja tunne sen lämpö.

Mieleni puhuu kuvien kautta, ymmärrän sen nyt. Olen vapaa

kahleista, mutta ihmisten nauruissa voi olla myös pilkallinen

sävy. Sitä en halua kuulla. Olen vapaa, suljetussa pellossani,

pyhässä tilassa. Minun pellollani aurinko paistoi, kuut ja

tähdet olivat väistyneet, mutta olin yksin ja ihmiset

keskustelivat ja nauroivat. Mitä historia merkitsee? Mitä

muistat sanoista, joita sinulle kerrottiin? Kenen tarinaan

luotat? Tammikin on onnellinen rauhan ajasta, mutta se

tietää, että maailmalla tapahtuu paljon pahaa.

Käsittämättömiä asioita, tornit kaatuilevat, sillat romahtavat ja

miehet kulkevat sidotuin silmin kohti kuolemaa. Alkutila,

alkumetsä, rauhan ja sodan tyyssija. Tila, paikka. Voiko kaikkea puhuttua pitää totuutena, voiko jokaiseen nenäliinaan pyyhkiä

silmänsä? Pimeä puoli, katsot totuutta monesta suunnasta,

käännät ja väännät kankea ja palaat lähtöruutuun. Pelto, se oli

tärkeä, se antoi ihmisille elannon. Ihmislapsi käveli minua

kohti, ehkä hän näki minut vaikka olin näkymättömissä, ehkä

hän muisti osan tarinaa ja uskoi siihen. Hän näki

ihmisjoukkojen marssin, aseet olallaan ja hän itki ja nauroi

yhtä aikaa, hän oli viisas. Punainen tarina, veren väri, veren

merkki. Tiedon määrä on valtava, se hallitsee kaikkea. Isotäti

sairastui myös hänkin, pelto joka oli punainen, vei hänen

voimansa. Hän oli tehnyt lupauksen ja tammi oli vaiti hänen

salaisuudestaan, pimeä puoli ihmisessä, meissä. Hän oli

sairastanut Pitkässäniemessä, minä Kupittaalla, Tampereelta

Turkuun. Hän kirjoitti kirjaa, minä tarinaa. Hänen isänsä oli

sodan uhri, hän menneisyyden uhri. Alkutila. Minä tarinoiden vanki. Valkoinen vasa. Suru joka kulki mustissaan, pesi kasvonsa verellä, miksi? Valko ja Halko hekin kulkivat polkujaan, kertoivat muistoistaan. Heidän elämänsä oli täynnä vastoinkäymisiä. Hekin olivat osa taloa, henkien taloa, jossa näkymätön nainen kulki portaita alas. He eivät kuitenkaan nähneet unikuvia kuten minä ja isotätini. Se erotti meidät, siksi olimme eri pelloilla. Mutta silti silmissämme kaikki pellot olivat punaisia. Mieleni temppuili, loikin sinne tänne. Muistikuvani katkeilivat, näin näkyjä, kuulin harhoja. Milloin minusta kasvoi valkoinen hirvi? Ihmiset toivat metsääni, pelloille uhrilahjoja, he kunnioittivat metsän eläimiä, sen valkoisia hirviä. Hekin toivoivat rauhaa, myös heille sodat aiheuttivat tuskaa. Punainen pelto. Pellolla koiraat taistelemassa, elämän kiertokulku. Lopussa alku ja alussa loppu. Muistiperinne on tärkeää. Se on elämän suola joka rakentaa sillan menneen ja tulevan välille. Vesi solisi puroissa. Lapsenlapsenlapsella oli

ikävä isoisoisänsä perintöä, isoisänsä perintöä, he molemmat

olivat kuolleet sodan uhreina. Arkistot, arkistot salojen tilat,

mielen maisemat. Kuka löytää tarinan, jakaa sen muille, kertoo

vääryyksistä, sodan kauheudesta ja julmuudesta. Valkoinen

vasa, jos näet sen tiedät kultaisen oksan salaisuuden

UTOPIA

Siitä on niin kauan huokaisi hän ja hänen mustuneet

sormenpäänsä poimivat rikkaruohoja kukkamullasta.

Kummallista miten rikkaruohot voivatkin levitä noin, ajatteli

hän itsekseen. Olisi kitkettävä perusteellisesti, jotta kaikki

turhat kasvustot eivät levittäytyisi hentojen kukkasten

joukkoon. Puutarhuri se hän oli ollut koko pienen ikänsä.

Kuinka hän rakastikaan pehmeää mustaa multaa ja kukkien

kasvustoja, varsinkin kun ne levittäytyivät kaikkialle niin

ihanan punaisina, violetteina, valkoisina ja keltaisina.

Sanat juuttuivat kurkkuun kun hän ajatteli sitä tapahtumaa,

miten kaikki oikein alkoi ja miksi hänen oli seistävä siinä

joukossa, miksi hän oli juuri silloin paikalla. Mutta kaikki lienee vain sattumaa, hän ei itsekään osannut arvioida miksi hänen kulkunsa sinä päivänä oli johtanut satamaan. Siellä totta tosiaan oli monenlaista kulkijaa ja kummasteltavaa riitti. Ehkä hän kuitenkin oli ainoa niiden ihmistulvan joukossa jolla ei ollut kiirettä minnekään ja hän vai seisoi tuijottamassa sataman laivoja ja pieniä valkoisia purjeveneitä.

Jotakin oli tapahtumassa, siitä hän oli varma. Niin suuri ihmistulva oli kerääntynyt paikalle. Oliko kenties jokin uusi alus saapumassa satamaan vai mistä oikein oli kysymys? Toisilla tosiaan oli kaikenlaisia nyyttejä ja matkakasseja mukanaan, vaikka heidän kasvoiltaan paistoi ahdistus. Ikään kuin he olisivat odottamassa ihmettä tapahtuvaksi. Oli siellä kyllä kaikenkirjavaa porukkaa joukossa. Miehiä, naisia, lapsia ja jopa sylikoiria. Sellaisia puudeleita pilalle hemmoteltuja ehkä. Paikalle oli saapunut myös virvokkeiden myyjiä. Heillä oli työtä tarjotessaan juomaa ja kuivunutta leipää väen ruokkimiseksi. Joku maksoi seteleillä, toisilla oli vain muutama kolikko. Miksi moinen hyörinä. Näytti siltä kuin väkeä virtaisi koko ajan lisää. Mistä he tulivat ja minne he oikein olivat matkalla. Tällainen suunnaton väenpaljous ahdisti häntä, yksinään maata kuopsutellessaan hän oli tottunut hiljaisuuteen ja rauhaan. Sattuma olisikohan hänen sittenkin pitänyt kääntyä oikealle kun kulki siitä kadunristeyksestä, mutta missä se katu nyt oli. Hän oli jo menettänyt mielikuvansa kadusta, koska oli ajautunut niin kauas.

Miksi hän oikeastaan alun perin oli mennyt satamaan? Se oli ollut sattumusten summa. Hän oli etsinyt tunnettua kukkakauppaa, mutta eksynyt reitiltään. Olihan hän kulkenut oikealle ja vasemmalle ja kääntynyt juuri niin kuin pitikin, mutta kukkakauppaa vain ei näkynyt missään. Päivä oli ollut helteinen ja kuuma. Hikipisarat kirposivat otsapoimuihin, oliko hänelläkään yhtään ylimääräistä rahaa, jotta hän voisi ostaa juomaa. Janotti ja kurkku oli kuiva. Toisaalta jossakin voisi olla kaivo, josta saisi raikasta vettä juotavaksi.

Odottavat ihmiset kuhisivat, mutta näytti joukossa olevan rauhallisempiakin, sellaisia jotka olivat tottuneet jonottamaan, odottamaan aina osaansa kuin kaiken ylle laskeutuvaa karmaa. Krysanteemit kukkivat tänä vuonna niin ihanasti. Hän oli aamulla vielä puutarhassaan ollessaan ihaillut niiden kaunista hehkua ja tullut siihen tulokseen että tänä vuonna täytyi olla

todella krysanteemivuosi. Ei edes hänen taaksepäin

palautuvien mielikuviensa aikana ollut moista hehkua ollut.

Miten hänen ajatuksensa harhailivatkaan. Olisiko

kukkakauppiaalla ollut vielä siemeniä varastossaan ja mitä ne

maksoivat, neilikkaa ja ruusuntainta ainakin olisi saatava lisää.

Näkyikö tuolla kaukaisuudessa purjehtivan joku alus. Lentävä

hollantilainen kenties hän naurahti mielessään. Sellainen

ennelaiva, joka tulisi ja veisi matkustajansa Utopian saarelle.

Ehei! Ei se ollut mahdollista. Nyt joku joukoissa huusi jotakin,

mitä hän sanoi. Kieli vaikutti tutulta, mutta samalla siinä oli

jotakin vierasta. Ihan kuin se olisi ollut muinaisuuden ääni.

Vastustamaton sointi sanoissa. Rytmi ja taotus. Tuosta

puhujasta olisi aineksia vaikka mihin, mutta kenelle hän puhui

ja mitä kieli oli? Miltähän kukkasten nimet kuulostaisivat

puhujan suussa? Olisivatko nekin yhtä sointuisia sanoja,

sellaisia jotka kiinnittäisivät huomion. Pienellä pojalla oli

jotakin kädessään, oliko se tikkari vai lelu. Näin kaukaa oli

vaikea arvioida. Hänen äitinsä näytti tiukasti pitävän lasta

kiinni kädellään. Lieneekö lapsi vilkaskin? Oli jo keskipäivä.

Puutarhuri tunsi kuinka aika pakeni odottavan kasvoilta. Ehkä

ei ollut ensimmäinen kerta kun nämä ihmiset kokoontuivat

tähän satamaan? Ehkä tämä oli heille jonkinlaista

ajanvietettä? Kukapa tietää? Merivesi näytti tyyneltä ja oli

kumman kirkkaan värinen. Ehkei mihinkään huoleen ollutkaan

aihetta. Ehkä jokin laiva tulisi ja veisi osan odottajista pois.

Kukkakaupan olemassaolo oli yhä arvoitus. Hän oli tuttavaltaan kuullut tästä uudesta yrittäjästä joka paikkakunnalle oli saapunut. Hän oli kuulemma spesialisoitunut ulkomailla ja niittänyt siellä mainetta, mutta nyttemmin eksynyt heidän pieneen kaupunkiinsa. Kukaan ei tuntunut tietävän miksi. Ehkä hän pakeni jotakin tai hänelle oli sattunut jotakin, yhtäkkiä hän vain oli muuttanut heidän alueelleen ja oli nyt kuuluisuus heidän suissaan. Itse asiassa puutarhuri itsekin oli jonkinlainen kuuluisuus, koska vain hän sai kukkarivinsä loistamaan niin hohdokkaasti miltei ympäri vuoden. Naapurit joskus tulivat hämmästelemään hänen alppiruusujaan ja kehuivat sitten hänen aikaansaannoksiaan. Jollakin tavoin se lämmitti mieltä ja puutarhuri tunsi hiljaista ylpeyttä aikaansaannoksistaan, vaikka loppukädessä ne olivat kasvit itse ja muheva multa joka kukoisti. Hän oli vain pieni apulainen kukkien valtameressä. Heh! Miten se juolahtikaan

hänen mieleensä kukkien valtameri. Aivan kuin tämä

ihmispaljous, jonkinlainen valtameri, ihmismeri sekin. Mistä

assosiaatiot oikein syntyivät ja miten mieli rakensi niitä. Pienet

purjeveneet olivat oikein suloisia lipuessaan hiljaa

kaukaisuudessa. Nekin kuin kukkia valtameressä.

Epäilemättä tämä odotus uuvutti toisia, heidän asentonsa

näytti jo lysähtäneen eikä heillä tuntunut olevan voimavaroja

jatkaa odottelua. Pilvi peitti hetkeksi auringon se hieman

rauhoitti mieltä. Sadetta voisi olla luvassa jos tämä pakottava

helle loppuisi. Oikeastaan se oli sopivan kosteaakin ollakseen

totta. Janoinen maa, janoiset suut kaipasivat vettä.

Oliko kukkakauppiaan osoite kirjoitettu väärin? Entä jos hänen pieni ja menestyksekäs kauppansa olikin sillan toisella puolella. Joen ylittävä silta johti satamaan, jospa kauppa olikin ennen sitä. Puutarhuri huomasi olonsa kärsimättömäksi. Mihin hänen ajatuksensa harhautui? Tarttuiko odottavan joukon tila häneen joka sattumalta oli eksynyt satamaan. Hyvin pukeutunut mies nosti hattuaan, näytti siltä kuin hänkin voipuisi kuumuuden alla. Ei ollut yksinomaan hän, puutarhuri, joka tunsi olonsa raskauden. Tietysti hänen elämässään oli usein päiviä jolloin tuntui ettei mikään mennyt oikein. Kaikki alkoi jo aamulla. Teestä tuli liian vahvaa tai vesi kuivui kattilassa hänen unohtaessaan sen kiehuvankaan. Toisinaan sukkapareja sai etsiä. Hänen asuntonsa oli liian pieni ja sinne näytti kasaantuvan kaikenlaista. Hänellä oli keräilijän luonne, hän ei halunnut luopua aarteistaan ja siksi hänen kotinsa

näytti antiikkikokoelmalta. Siellä oli sekaisin eri aikakausilta

olevia tavaroita, lamppuja, tuoleja, pöytiä. Ne kaikki olivat

löytyneet hänen matkoiltaan huutokauppoihin tai

antiikkiliikkeisiin.

Esineissä ja tavaroissa oli ollut jotakin kiehtovaa. Niiden

ajatteleminen siirsi hänen ajatuksiaan kukkakedostaan. Hän

tarvitsi tällaisen mielenpaikan. Aikoinaan hänen vaimonsa oli

moittinut häntä, mutta nyt vaimo oli jo kauan sitten ollut

edesmennyt eikä puutarhuri voinut kuin naurahtaa sitä,

kuinka hänen keräilyintonsa vaimon kuoleman jälkeen oli

saanut tulta allensa. Kenelle hän tavaroita keräsi ja miksi?

Heillä ei ollut ikävä kyllä yhteistä jälkikasvua. Hän oli tavannut vaimonsa niin myöhäisellä iällä, että perheen perustaminen ei

enää ollut tullut kysymykseen. Hän tiesi kuinka hänen

vaimonsa oli kärsinyt siitä. Se oli ollut heidän yhteinen kalvava

surunsa. Se tunkeutui aina sanomattomana möhkäleenä

heidän yhteisiin keskusteluihinsa arjen tuoksinassa. Se oli aina

taustalla niin kuin heidän rakkautensa ei koskaan voisi kohdata

täyteyttään. Kuinka suloisilta nuo odottavat lapset

näyttivätkään. Nyt puutarhuri tunsi itse samaa surua kuin

hänen vaimonsa aikoinaan. Naiselle sen täytyi olla kovempi

kohtalo, vaiko ei sittenkään?

Kuka tietää, joka tapauksessa heidän yhteinen asuntonsa

periytyisi aikoinaan kaukaisille sukulaisille. Niille joiden nimeä

hän ei enää jaksanut muistaa, eikä se ollut tärkeääkään. Oliko vaimo viimeiseen hengen vetoonsa ollut katkera hänelle. Sitä

puutarhuri ei tiennyt. Hän vain saattoi mielessäänarvioida

tilannetta ja tulla jonkinlaiseen tiedostomattomaan tilaan.

Hänkin kärsi omalla tavallaan.

Adoptiokin oli käynyt heidän mielessään, mutta sellainen oli

harvinaista, joku sukulaislapsi tai vastaava olisi kyllä voinut

asua heidän luonaan. Eivät heidän tulonsa niin pienet olleet.

Mennyttä lienee kuitenkin tarpeetonta haikailla, vuodet olivat

vierineet eivätkä he olleet tulleet minkäänlaiseen ratkaisuun.

Ikään kuin elämä vain olisi lipunut heidän ohitseen kuin

purjealukset, kauas pois, ulottumattomiin. Jospa hänen

satamaan tulolla oli sittenkin syynsä, nyt hän ymmärsi jotakin menneestä elämästään se ei ollut paljoa, mutta jotakin. Pieni

ajatuksenhäivähdys kuin ruusun syvänpunainen terälehti.

Miten muut ihmiset tunsivat elämänsä? Puutarhuria alkoi

äkkiä kiinnostaa se. Hän yritti tuijottaa näkyikö odottavien

ihmisten kasvoilla jotakin joka kertoisi heidän elämästään.

Mutta sitten hän pettyi, ehkei mitään ollutkaan luettavissa

heidän kasvoiltaan. He vain odottivat pelastusta, parempaa

tulevaisuutta, mutta miksi? Lienee heidän kohtalonsa tehdä

niin. Se taisi olla heidän oma valintansa sittenkin vaikka ensin

näytti että he olivat ajautuneet rannalle, satamaan jonkin

oikun kautta. Jospa taustalla oli jokin tarina joka oli saanut

heidät liikkeelle Utopiasta, saaresta jossa kaikilla olisi töitä,

ruokaa ja hyvä olo.

Sellainen saari oli heidän mielikuvissaan yhtä totta kuin

puutarhurille hänen kukkiensa väriloisto. Voisiko hän itse

matkustaa sille saarelle. Hän rikastuttaisi kukillaan sen

maisemaa, aivan varmasti siellä olisi mehevä multa johon

siemenet kylvämällä saisi kauneutta aikaiseksi. Sellainen saari

tarvitsisi häntä, hänen kukkansa olisivat loistona paremmasta

tulevaisuudesta. Aivan varmasti. Hänen olisi liityttävä

odottajien joukkoon, kärsittävä kuumassa auringonpaahteessa

ja oltava yksi heistä.

Kustantaja: BoD – Books on Demand, Helsinki, Suomi
Valmistaja: BoD – Books on Demand, Norderstedt, Saksa
ISBN: 978-952-286-846-6